SUFFUSED with mystery and romance as they are, there are few things in the great world of fancy that exert such an influence over the imagination as the old-time, old-world legends of the Scottish mountaineers. For unnumbered generations, such tales as this one of the Cauldron were handed down from father to son, and from mother to daughter, and the clear impress of the distinctive national genius is, in consequence, strongly stamped upon them. To all Scottish children, therefore, this book will be a treasure. They will revel in it. They will recognise the story as one of their own national folk-tales and fairy-tales, as a part of that great wealth of tradition which is the natural and rightful inheritance of all John Tamson's bairns,

WHETHER LOWLAND OR HIGHLAND.

Ancient Legends of the Scottish Gael

Sgeulachd A'Choire

The Tale of the Cauldron

Gaelic and English
Arranged by J.G.McKay

Sixteen Paintings by Gordon Browne, R.I.

First Published - 1927
Reprinted - 1993

MACLEAN PRESS
60 Aird Bhearnasdail, by Portree,
Isle of Skye
Tel.047 032 309

There was once a farmer's wife in the Highlands, and she had a cauldron.
Bha bean tuathanaich anns a' Ghàidhealtachd uair, agus bha coire aice.

There used to come a fairy-wife every day, to get the cauldron.
Thigeadh bean-shìdhe a h-uile là, a dh'iarraidh a' choire.

She used not to say a word when she came, but she would seize on the cauldron.
Cha chanadh i smid an uair a thigeadh i, ach bheireadh i air a' choire.

When she would seize on the cauldron, the house-wife would say –
An uair a bheireadh i air a' choire, chanadh bean-an-taighe –

"A smith is entitled to coals,
In order cold iron to heat;
A cauldron's entitled to bones,
And to be sent home whole."

*"Dleasaidh gobha gual,
Gu iaruinn fuar a bhruich,
Dleasaidh coire cnàimh,
'S a chur slàn gu taigh."*

The fairy-wife used to come back every day with the cauldron, with flesh-meat and
Thigeadh a' bhean-shìdhe air-ais a h-uile là leis a' choire, agus feòil is

bones in it.
cnàmhan ann.

One day, the goodwife was for going over the ferry to Castle-town, and so she
Latha a bha sin, bha bean-an-taighe airson dol thar an aiseig do Bhail-a Chaisteil, agus thùirt

said to her husband:-
i ri a fear:-

"If thou wilt say to the fairy-wife what I say, I will go to Castle-town."
"Ma chanas tusa ris a' bhean-shìdhe mar a chanas mise, falbhaidh mi do Bhail-a-Chaisteil."

"O! I will say what thou dost," said he, "certainly it is I who will."
"U! canaidh," ars esan, "is cinnteach gur mi a chanas."

"Well then," said she, "I will go to Castle-town." And off she went.
"Ma ta," ars ise, "falbhaidh mi do Bhail-a-Chaisteil." Agus dh'fhalbh i.

3

He was now left alone. He began to work.
Dh' fhàgadh esan a nis na aonar. Thòsich e air obair.

He was spinning a heather thatching-rope in order to bind the thatch
Bha e a' sniomh sìomain-fraoich gus an tughadh a cheangal

on the house, when he saw a woman coming – a shimmering came from her feet,
air an taigh, an uair a chunnaic e bean a'tighinn – bha faileas à a casan,

and she moved along like a fairy, and he became afraid of her.
agus bha siubhal-sìdhe aice, agus ghabh e eagal roimhpe.

He went into the house, and he shut the door, and he ceased from his
Chaidh e a steach, agus dhùin e an doras, agus stad e

work. He was so frightened that he did not say a single word to the fairy-wife,
obair. Bha a leithid a dh'eagal air 's nach tùirt e aon fhacal ris a bhean-shìdhe,

though he had promised that he would say to her what the goodwife
ged a gheall e gun canadh e rithe mar a chanadh

used to say.
bean-an-taighe.

When the fairy-wife came to the door, she did not find the door open,
An uair a   thàinig   a' bhean-shìdhe   chun an dorais,   cha   d'fhuair i   an doras fosgailte,

and he did not open it to her.
agus   cha do   dh' fhosgail   esan dhì e.

So she went up on to the roof of the house, above the smoke-hole.
Chaidh i suas   air   druim   an   taighe,   os cionn   an   fhàirleois.

The cauldron gave two leaps, and at the third leap, away it went out through
Thug an coire   dà leum às,   agus   air an   treas   leum,   dh'fhalbh   e   a   mach   air

the roof of the house, and she seized on it, and she went off with it.
druim   an   taighe,   agus   rug   i   air,   agus   dh'fhalbh i   leis.

The night came, but the cauldron came not. Why did it not come?
Thàinig an oidhche,   is   cha   tàinig   an   coire.   Carson   nach   tàinig?

Because the goodman had not said to the fairy-wife what the goodwife used
A chionn 's   nach   tùirt   fear-an-taighe   ris   a'bhean-shìdhe   mar   a   chanadh   bean-an-taighe

to say to her.
rithe.

5

The goodwife came back across the ferry, but she could not see anything
Thill bean-an-taighe thar an aiseig, is chan fhaca i dad

of the cauldron in the house. She enquired where the cauldron was.
den choire a staigh. Dh' fhaighnich i càite an robh an coire.

"Well then, I don't care where it is," said her husband. "Never did I take
"Ma tha, is coma leam càite a bheil e," ars a fear. "Cha do ghabh mi riamh

such fear as I took at the fairy-woman. I took fear, and I shut the door.
a leithid a dh'eagal sa ghabh mi roimh a' bhean-shìdhe. Ghabh mi eagal, agus dhùin mi an doras.

She went up on the roof of the house, above the smoke-hole. The cauldron
Chaidh i suas air druim an taighe, os cionn an fhàirleois. Thug an coire

then gave two leaps, and at the third leap, away it went out through the roof
an sin dà leum às, agus air an treas leum, dh'fhalbh e a mach air druim

of the house. And she seized on it, and went off with it, and came back
an taighe. Agus rug ise air, agus dh'fhalbh i leis, agus cha tàinig

with it no more."
i tuilleadh leis."

"GOOD FOR NOTHING WRETCH! What hast thou done?
"O Amadain! Gu dè rinn thu?

It is two people who will be badly off now – myself and thyself."
Bi an dithis againn bochd as aonais a nis – mi fhìn 's tu fhèin."

"She will come to-morrow with it."
"Thig i a màireach leis."

"No she will not come."
"Cha tig."

She hastily got herself ready, and off she went, and arrived at
Ann   an   cabhaig,   sgioblaich   i   i   fhèin,   agus   dh'fhalbh   i,   agus   ràinig   i

the fairy hillock.
an   cnoc-sìdhe.

7

There was not anybody within, but a couple of old men, greyhaired, and
Cha   robh   a   staigh,   ach   dithis   bhodach,   liath,   agus

they were asleep.   It was after the dinner-time, and the rest of the fairies
iad   nan   cadal.   Bha   e   an   dèidh   na   dinnearach,   agus   bha   càch

were out in the gathering night.
a   muigh   am   beul   na   h-oidhche.

In she went, softly and without speaking, without even blessing
Ghabh   i   a   steach,   gu   bog,   balbh,   gun   bheannachd   a   thoirt

the people of the fairy-dwelling.
do   mhuinntir   a'bhrugh.

She saw the cauldron on the floor, and picked it up to take it away
Chunnaic   i   an   coire   air   an   ùrlar,   agus   thog   i   leatha

with her.
e.

8

She found the cauldron heavy, because of the remnants of food
Bha   an   coire   trom   aice,   leis   a'   bhiadh

which the fairies had left in it.
a   dh'fhàg   na sìdhichean ann.

And when she was going out, the cauldron came into collision with the
Agus an uair a bha   i   a' dol a mach,   thàinig   an   coire   an   taic   an

door-post.
ursainn.

It gave out an awful shriek, and the grey-haired old men awoke.
Leig   e   sgread   eagalach   às,   agus   dhùisg   na   bodaich   liatha.

When they saw her going out, taking the cauldron with her,
An uair a chunnaic iad i a' dol a mach, agus an coire aice,

one of them arose, and sprang out after her, and said –
dh'eirich fear dhiubh, agus thug e leum a mach na dèidh, agus thùirt e –

"O dumb wife! O mute wife!
Who camest upon us from the Land of the Dead!
Thou man! who art on the top of the fairy-dwelling,
Let loose the Black and slip the Fierce!"

"A bhean bhalbh! a bhean bhalbh
A thàinig oirnn à Tir nam Marbh!
'Fhir! a tha air uachdar a' bhrugh,
Fuasgail an Dubh, is leig an Garg!"

But the goodwife went off at her utmost speed, and he was too old,
Ach dh'fhalbh bean-an-taighe cho luath 's a b' urrainn dhì, agus bha esan ro shean,

and he could not keep up with her.
agus cha b'urrainn dha cumail suas rithe.

The goodwife kept the remnants of food that were in the cauldron,
Ghlèidh   bean-an-taighe   na   bha   air   fhàgail   de   bhiadh   anns   a'choire,

in order that if she succeeded in carrying them off, it would be all to the good,
oir   nam   b'   urrainn   dhì   an   toirt   leatha,   bhiodh   iad   gu   feum,

and if the fairy-dogs came up with her, she could throw the remnants to them.
's   nan   tigeadh   na   coin-shìdhe   oirre,   gun   tilgeadh   i   orra   e.

The fairy who was on the top of the fairy-dwelling, he let the two dogs,
Leig   an   sìdhiche   a   bha   air   uachdar   a'bhrugh,   an   dà   chù,

the Black and the Fierce, loose.
an Dubh agus   an   Garg,   ma sgaoil.

And she had not got far away, when she heard the rustling-and-pattering
Agus   cha   b'fhada bha ise   air   falbh,   an   uair   a   chuala   i   strathail

of the dogs coming, a cause of fear and of horror.
nan   con   a'tighinn,   adhbhar   an   eagail 's   an   uamhais.

11

She put her hand in the cauldron, and took the lid out of it,
Chuir   i   a   làmh   anns   a'choire,   agus   thog   i   am   mullach   às,

and threw them a quarter of all that there was in it.
agus   thilg   i   orra   ceathramh de   na   bha   ann.

The dogs turned their attention to that for a while.
Thug   na   coin   an   aire   greis   air a siud.

And she made off, as fast as she had ever done, not knowing
Agus thug i a casan leatha,   cho luath sa rinn   i   riamh   e,   gun fhios aice

how long the flesh-meat and the bones would last her, or whether
dè   cho fada sa   mhaireadh   an   fheòil   's na   cnàmhan   dhì,   no   an

she would get home, before the dogs caught her.
ruigeadh   i   an taigh,   mum   beireadh na   coin   oirre.

Again she noticed them coming, and she threw them another piece,
Dh'fhairich   i   a'tighinn   a   rithist   iad,   agus   thilg   i   criomag   eile   orra,

when they were closing upon her.
an uair a   bha iad a' tighinn dlùth   oirre.

And away went she, footing it as well as she could, knowing that
Agus   dh'fhalbh   i,   a'coiseachd   cho   math sa dh'fhaodadh   i, agus fios aice gun

the cause of fear and of horror was not far behind her.
robh   adhbhar an eagail   's au   uamhais   gun a bhi fada   na deidh.

When she was getting near to the home-farm, they were closing
An uair a thàinig i dlùth air a'bhaile, bha iad a' tighinn faisg

upon her again.
oirre a rithist.

She twisted the cauldron upside-down, and there she left with them
Thilg i beul a'choire fodha, agus dh'fhàg i an siud aca

all that there was in it.
na bha ann.

And away she flew home, running and leaping.
Agus dh'fhalbh i dhachaigh, na ruith 's na leum.

The dogs of the home-farm heard the goodwife coming, and they
Chuala coin a'bhaile bean-an-taighe a' tighinn, agus thòisich

struck up barking, when they saw the fairy-dogs.
iad air comhartaich, an uair a chunnaic iad na coin-shìdhe.

The fairy-dogs took fright when they heard the barking of the farm dogs,
Ghabh na coin-shìdhe an t-eagal an uair a chuala iad comhartaich coin a'bhaile,

and they took themselves off, with the tail of each one of them between
agus thug iad iad fhèin às, agus earball gach aoin aca eadar

his two hind-legs.
a dhà chois deiridh.

And never again did the fairy-woman come to get the cauldron.
Agus cha tàinig a'bhean-shìdhe riamh tuilleadh a dh'iarraidh a'choire.

Neither did the fairies ever again bring trouble on the goodwife.
Cuideachd, cha do chuir na sìdhichean riamh tuilleadh dragh air bean-an-taighe.

THE END OF THE STORY
A' Chrìoch

14

15

Though the story does not say a word more, we may be certain
Ged   nach eil an sgeul ag ràdh   facal tuilleadh,   faodaidh sinn a bhi cinnteach

that joy and music prevailed in the house of the farmer that night.
gun   robh aoibhneas is ceòl   an   taigh   an   tuathaлaich   an   oidhche sin.

Here you have, then, another picture: the goodman and the goodwife,
Seo   agaibh,   ma tha,   dealbh   eile: fear-an-taighe   agus   bean-an-taighe

dancing the twenty-four turns of the Reel of Tulloch on the floor
a'dannsadh   ruidhle   air   ùrlar

of their own house.   And even the dogs are leaping and dancing around.
an   taighe fhèin. Agus   tha   na coin fhèin   a'leum   's   a'dannsadh mun cuairt.

And I know not but that they are cutting capers on the floor till this
'S chan eil fhios agam-sa nach eil   iad   a'cur nan car dhiubh   air an   ùrlar   gus   an

very day.
latha 'n diugh.

CEISTEAN

DEALBH A H-AON.

Seall air an dealbh seo. Cò chì thu ann?

Cò an triùir?

Càite a bheil bean-an-taighe?

An ann na suidhe no na seasamh a tha i?

Cò ris a tha i a' bruidhinn?

Càite a bheil a' bhean-shìdhe?

Càite a bheil an coire?

Càite an robh an coire, mun tàinig a' bhean-shìdhe a steach?

Gu dè tha a' bhean-shìdhe a' deanamh leis a' choire?

Cùin a thigeadh i a dh'iarraidh a' choire?

Gu dè chanadh i, an uair a thigeadh i?

Nach canadh?

Gu dè chanadh bean-an-taighe, an uair a bheireadh a' bhean-shìdhe air a' choire?

Gu dè am feum a bha an sin?

Dè cho tric sa bha a' bhean-shìdhe a' tighinn, ma tha?

QUESTIONS

PICTURE ONE.

Look on this picture. Whom seest thou there (or in it)?

Who (are) the three persons?

Where is the goodwife of the house?

Is it sitting or standing that she is?

To whom is she speaking?

Where is the fairy-woman?

Where is the cauldron?

Where was the cauldron, before the fairy-wife came in?

What is the fairy-wife doing with the cauldron?

When did she used to come to get the cauldron?

What did she used to say, when she came?

Did she not?

What did the good-wife used to say, when the fairy-wife seized on the cauldron?

What was the good of that?

How often was the fairy-wife coming, then?

DEALBH A DHA.

Seall air an dealbh seo. Cò chì thu ann?

An ann a muigh no a staigh a tha iad?

Gu dè tha iad a'deanamh?

Càite a bheil bean-an-taighe a'dol an diugh?

Ach nach eil a'bhean-shìdhe a'tighinn an diugh?

Agus cò bhios aig an taigh, an uair a thig i?

An gabh esan an rann, mar a ghabhas bean-an-taighe e?

Gu dè tha i ag ràdh ris?

Agus gu dè tha esan ag ràdh rìthe?

Gu dè rinn bean-an-taighe an uair a thùirt e sin?

PICTURE TWO.

Look at this picture. Whom seest thou in it?

Is it out-of-doors or in-doors that they are?

What are they doing?

Where is the goodwife going today?

But is not the fairy-wife coming today?

And who will be at the house, when she comes?

Will he recite the verse, as the goodwife recites it?

What is she saying to him?

And what is he saying to her?

What did the goodwife do, when he said that?

DEALBH A TRI.

An uair a dh'fhalbh bean-an-taighe, cò bha comhla ri fear-an-taighe?

Gu dè bha e a' deanamh, agus e na aonar?

Cò chunnaic e a'tighinn dhan taigh?

Cò bh'ann?

Cò às a bha i air tighinn?

An ann a dh'iarraidh a' choire a bha i a'tighinn?

Agus ghabh fear-an-taighe eagal roimhpe, nach do ghabh?

Ach is cinnteach gum faca e i iomadh uair roimhe, nach fhaca?

Carson, ma tha, a ghabhadh e eagal roimhpe an diugh, seach aon latha eile?

Saoil am biodh eagal air, nam biodh bean-an-taighe comhla ris?

Gu dè rinn e, ma tha, an uair a chunnaic e a'bhean-shìdhe a' tighinn?

Carson?

An tùirt e rithe mar a chanadh bean-an-taighe?

Ach gheall e gun canadh, nach do gheall?

PICTURE THREE.

When the goodwife had departed, who was (there) along with the goodman?

What was he doing, when he was alone?

Whom did he see coming to the house?

Who was it? (lit. who was in it, *or,* who was there?)

Whence was she coming?

Was it to seek the cauldron she was coming?

And the goodman took fright at her, did he not?

But it is certain that he had seen her many a time before, had he not (seen)?

Why, then, should he take a fright at her today, rather than any other day?

Do you think that he would have been afraid if the goodwife had been along with him?

What did he do, then, when he saw the fairy-wife coming?

Why?

Did he say to her what the goodwife used to say?

But he promised that he would say, did he not?

DEALBH A CEITHIR.

An tàinig a' bhean-shìdhe chun an dorais?

An d'fhuair i an doras fosgailte?

Nach do dh'fhosgail fear-an-taighe an doras dhì?

Gu dè an ath rud a rinn i?

Am faic thu i anns an dealbh seo?

Càite a bheil i?

Gu dè tha ann am fhairleus?

Gu dè rinn an coire, an uair a chaidh i os coinn an fhàirleois?

Nach tug e an treas leum?

An do rug a' bhean-shìdhe air?

An do dh'fhalbh i leis?

An tàinig an coire dhachaigh?

Carson nach tàinig?

PICTURE FOUR.

Did the fairy-wife come to the door?

Did she find the door open?

Did not the goodman of the house open the door to her?

What did she do next?

Dost thou see her in this picture?

Where is she?

What is a *fàirleus*?

What did the cauldron do, when she got up over the *fàirleus*?

Did it not give the third leap?

Did the fairy-wife seize it?

Did she go off with it?

Did the cauldron come back home?

Why did it not come?

DEALBH A COIG.

Cò chì thu anns an dealbh seo?

Tha ise an dèidh tighinn dhachaigh nach eil?

Cò às a thàinig i?

Gu dè tha a' cur dragh oirre?

Gu dè rinn i, an uair nach fhaca i e?

Gu dè fhreagair a fear?

Gu dè thùirt e mun eagal?

An do dh'innis e mar a thachair?

An do throd a bhean ris?

Cò an dithis a thùirt i a bhiodh a nise bochd as aonais a' choire?

Gu dè fhreagair esan?

Agus gu dè thùirt bean-an-taighe ris?

Bha i gu math glic, nach robh?

DEALBH A SIA.

Gu dè rinn bean-an-taighe, an uair a thuig i nach tigeadh an coire tuilleadh?

Càite an deach i?

Cò an cnoc?

Carson a chaidh i ann?

An do ràinig i an cnoc?

Am faic thu bean-an-taighe anns an dealbh seo?

Càite a bheil i?

PICTURE FIVE.

Whom seest thou in this picture?

She has come home, has she not?

Whence has she come?

What is troubling her ?

What did she do, when she did not see it?

What did her husband answer?

What did he say about the fright?

Did he tell what had happened?

Did his wife scold at him?

Who (were) the two-people she said would now be badly off?

What did he answer?

And what said the goodwife to him?

She knew how many make five, did she not?

PICTURE SIX.

What did the goodwife do, when she understood that the cauldron would come no more?

Where did she go?

What hillock?

Why did she go there?

Did she get to (lit. reach) the hillock?

Seest thou the goodwife in this picture?

Where is she?

DEALBH A SEACHD.

Seall air an dealbh seo. Gu dè an t-àite a chì thu ann?

An e an taobh a staigh, no an taobh a muigh a chì thu?

Am faic thu bean-an-taighe?

Cò bha a staigh, an uair a ràinig i?

An ann nan cadal, no nan dùisg, a bha iad?

Gu dè an uair de latha a bha e, an uair a ràinig i?

Càite an robh na sìdhichean eile?

An robh eagal air bean-an-taighe?

Ciamar a ghabh i a steach?

Carson a ghabh i a steach cho bog, balbh sin?

An tug i beannachd do mhuinntir a' bhrugh?

Carson?

Am faca i an coire?

Càite an robh an coire?

Gu dè rinn i, an uair a chunnaic i e?

PICTURE SEVEN.

Look at this picture. What place seest thou there?

Is it the inside or the outside that thou seest?

Seest thou the goodwife?

Who was within, when she arrived?

Were they asleep or awake?

What time of day was it, when she arrived?

Where were the other fairies?

Was the goodwife afraid?

How did she go in?

Why did she go in so softly and silently?

Did she bless the people of the fairy-dwelling?

Why?

Did she see the cauldron?

Where was the cauldron?

What did she do, when she saw it?

DEALBH A H-OCHD.

Seall air an dealbh seo. Gu dè tha bean-an-taighe a'deanamh?

Gu dè rinn an coire, an uair a bha i a' dol a mach?

Gu dè a b'adhbhar dha sin?

Gu dè dh'fhàg cho trom e?

Gu dè thachair, an uair a thàinig e an taic an ursainn?

Mo thruaighe bean-an-taighe! An do dhùisg sin na bodaich liatha?

DEALBH A NAOI.

Gu dè rinn iad, an uair a chunnaic iad i a'dol a mach, agus an coire aice?

Nach do dh'èirich am fear eile?

Cò am fear a chì thu anns an dealbh seo?

Càite a bheil e?

Càite a bheil bean-an-taighe?

Nach eil am bodach-sìdhe a'falbh na dèidh?

Carson a tha e a'fuireach aig an doras?

Gu dè an obair a tha aige?

Cò air a tha e a' smèideadh?

Gu dè tha e ag ràdh?

An gabh thusa an rann sin?

Carson a thùirt e – "A bhean bhalbh" – ri bean-an-taighe?

Cò ris a thùirt e – "Fuasgail an Dubh, is leig an Garg"?

PICTURE EIGHT.

Look at this picture. What is the goodwife doing?

What did the cauldron do, when she was going out?

What was the cause of that?

What made (lit. left) it so heavy?

What happened, when it came into collision with the door-post?

My pity (i.e. alas for) the goodwife! Did that awaken the old grey men?

PICTURE NINE.

What did they do, when they saw her going out, taking the cauldron with her?

Did the other one not rise?

Which one do you see in this picture?

Where is he?

Where is the goodwife?

Is not the old fairy-man going after her?

Why is he waiting at the door?

What is he doing ?

Upon whom is he beckoning?

What is he saying?

Wilt thou recite that verse?

Why did he say – "O dumb wife" – to the goodwife? (i.e. why did he address her as "dumb wife"?)

To whom did he say – "Let loose the Black, and slip the Fierce"?

DEALBH A DEICH.

Gu dè rinn bean-an-taighe leis na bha air fhàgail de bhiadh?

Carson?

Cò na coin?

Am faic thu iad?

Gu dè an dath a tha orra?

Gu dè an obair a tha aig an t-sìdhiche, aig bun an deilbh?

Gu dè an obair a tha aig an t-sìdhiche eile?

Dè an t-ainm a bha air a' chiad chù?

Dè an t-ainm a bha air a' chù eile?

An deachaidh an dà chù an dèidh bean-an-taighe?

Nach do chaill i a misneach?

DEALBH A H-AON-DEUG.

Gu dè rinn i, an uair a chuala i strathail nan con a'tighinn?

Gu dè fhuair i anns a' choire?

Gu dè rinn i leis an fheòil 's leis na cnàmhan?

Gu dè uiread a thilg i orra?

An tug na coin an aire air a siud?

Gu dè rinn ise, fhad sa bha na coin ris a' bhiadh?

Cha robh fios aice, dè cho fada sa mhaireadh an fheòil 's na cnàmhan dhì, an robh?

PICTURE TEN.

What did the goodwife do with the remnants that were in the cauldron?

Why?

What dogs?

Dost thou see them?

What is the colour that is on them?

What is the fairy-man doing, at the foot of the picture?

What is the other fairy doing?

What was the name of the one dog?

What was the name of the other dog?

Did the two dogs go after the goodwife?

Did she not lose her courage?

PICTURE ELEVEN.

What did she do, when she heard the rustle and patter of the dogs coming?

What did she find in the cauldron?

What did she do with the flesh-meat and the bones?

What amount, how much, did she throw them?

Did the dogs give their attention to that?

What did she do, while the dogs were at the food?

She did not know, how long the flesh and the bones would last her, did she?

DEALBH A DHA-DHEUG.

Gu dè rinn bean-an-taighe, an uair a dh'fhairich i na coin a'tighinn a rithist?

An do rinn i fuireach?

Am faic thu bean-an-taighe anns an dealbh seo?

Gu dè an obair a tha aice?

Gu dè an coltas a tha air an dà chù-shìdhe?

Nach b'e sin adhbhar an eagail 's an uamhais do bhean sam bith?

DEALBH A TRI-DEUG.

Cò chì thu anns an dealbh seo?

An i seo a' chiad uair, no an dara uair, a thàinig iad faisg oirre?

Càite a bheil i?

Gu dè rinn i, an uair a thàinig na coin faisg oirre an treas uair?

Cha bhiodh an coire cho trom aice a nis sa bha e roimhe, am biodh?

Agus dh'fhalbhadh i a nis na bu luaithe, nach falbhadh?

PICTURE TWELVE.

What did the goodwife do, when she perceived that the dogs were coming again?

Did she linger (lit. did she make waiting)?

Seest thou the goodwife in this picture?

What is she doing?

What (sort of) look have the two fairy-dogs?

Would not that be a cause of fear and horror to any woman?

PICTURE THIRTEEN.

Whom seest thou in this picture?

Is this the first time, or the second time, that they closed upon her?

Whereabouts is she?

What did she do, when the dogs closed upon her the third time?

She would not find the cauldron so heavy now as it had been before, would she?

So that she would now go faster, would she not?

DEALBH A CEITHIR-DEUG.

Cò chuala bean-an-taighe a' tighinn dhachaigh?

Gu dè rinn coin a' bhaile, an uair a chunnaic iad na coin-shìdhe?

Thòisich. Agus ma thòisich, gu dè ghabh na coin-shìdhe?

Gu dè rinn iad, an uair a bhuail an t-eagal iad?

An tàinig a' bhean-shìdhe riamh tuilleadh a dh'iarraidh a' choire?

Agus an do chuir na sìdhichean dragh tuilleadh air bean-an-taighe?

Ma tha, fhuair bean-an-taighe buaidh, agus fhuair i sìth, nach d' fhuair?

Cha do chaill i a misneachd, agus b' i fìor bhan-Albannach a bh' innte cuideachd, nach b' i?

PICTURE FOURTEEN.

Who heard the goodwife coming home?

What did the farm dogs do, when they saw the fairy-dogs?

(They) did. And seeing that they did, what struck the fairy-dogs?

What did they do, when fear struck them?

Did the fairy-woman ever come again to get the cauldron?

And did the fairies ever give the goodwife any more trouble?

Then the goodwife got the victory, and got peace, did (she) not?

She was indeed a woman of high courage, a true Scotswoman was (she) not?

NOTES.

Various versions have been published of "The Tale of the Cauldron." For these see:- J.F. Campbell of Islay, *Popular Tales of the West Highlands*, II, No. 26. Rev. J.G. Campbell, *Superstitions of the Highlands and Islands of Scotland*, 57. *The Celtic Review*, V. (1908), 155, 170. *Folk-Lore*, VIII. (1897), 381. *MacTalla*, a Canadian Gaelic weekly, Cape Breton, 1896, April 4, p 2.

In *Waifs and Strays of Celtic Tradition*, V, 83, there is a tale in which a fairy-woman borrows a cauldron, but under different circumstances.

The fairy-woman in our tale moves along like a fairy, or, as the Gaelic idiom expresses it, has a fairy motion. What the nature of that motion was, we learn from the Rev. J.G. Campbell (*op. cit.,* p 4). "Fairies," he says, "seem to glide or float along rather than to walk." This belief in the method of progression affected by supernaturals may be parallelled from classical sources. "Heliodorus (Aethiopica, III., 13) tells us that gods, if disguised as human beings, can always be recognised because their eyes do not wink and they walk without moving their feet." See Professor W.R. Halliday, *Folk-Lore* (1926) XXXVII., p 107.

Those who wish to study the Gaelic language, may find the Questions given above helpful. The translations of these are quite literal. They have been made so in order that the construction of the Gaelic sentence may be the more clearly exhibited, and therefore the more easily understood.

The number of Lowland place-names which begin or end with words which are obviously Gaelic or corruptions of Gaelic, such as *Auch, Ben, Blar, Burn, Cairn, Craig, Dal, Drum, Esk, Glen, Loch, Kill or Killy (Cille), Mony (Monaidh)*, is very great.

The existence of such Gaelic words in the Lowlands is explicable on one assumption only, viz., that Gaelic was once the language of the Lowlands. That this was formerly the case we learn from the historian, George Buchanan, who said that in his day (1506-1582) the country between the Clyde and the Solway was Gaelic speaking. (Gaelic fairy-tales, such as this "Tale of the Cauldron", would have been current in the Lowlands in Buchanan's time.) It follows, therefore, that along with all other Scottish things whatsoever, the birthright of all Scots, whether Lowland or Highland, includes Gaelic, and that Lowlanders as well as Highlanders may, and should, claim an equal interest in that tongue, for it was at one time the common language of all Scotland. The preservation of a language so distinctively and uniquely Scottish must appeal to all true Scots as being of all purposes the most worthy, as of all achievements it would be the greatest. It is the most precious of living links with a venerable and inspiring past. It may be added that for all Scots, and especially for Scottish children, such tales as this of "The Cauldron" are of incomparably greater importance than the tales of other nations, such as *Aladdin, Cinderella, Bluebeard* or *Ali Baba.*